I

LETTRES

DE

LONDRES.

IMPRIMERIE DE SCHNEIDER ET LANGRAND,
rue d'Erfurth, 1.

VISITE

au prince

NAPOLÉON LOUIS.

Lettres de Londres.

PARIS,

A. LEVAVASSEUR, LIBRAIRE,

RUE JACOB, 14.

1840.

LETTRES DE LONDRES.

PREMIÈRE LETTRE.

Londres, 5 août 1859.

MON CHER GÉNÉRAL,

Je ne suis arrivé qu'hier à Londres par
le bateau à vapeur de Boulogne, et j'ai
déjà reçu plusieurs visites. La première
et la plus longue a été celle de notre
vieil ami, le général B..., qui est venu
m'engager à dîner après demain chez lui.
Il était très-étonné de me voir à Londres.
Comme il était question entre nous du
prince Napoléon, je ne lui ai pas caché

1

le désir que j'avais de profiter de mon séjour à Londres pour lui faire une visite.

— Mais ne craignez-vous pas de vous compromettre? m'a-t-il fait observer. Les journaux anglais sont les plus indiscrets du monde. Vous ne ferez pas un pas ici qui ne soit le lendemain signalé par le *Morning-Post*.

— Eh! qu'importe, lui ai-je répondu, on sait bien que je ne suis pas un conspirateur; d'ailleurs, le maréchal Clausel, Mauguin et autres sont bien allés voir le prince. Quel mal y a-t-il là?

— Mais, mon cher, a-t-il repris, vous ignorez donc tout le bruit que cela fait ici et ailleurs. Parlez-en à Sébastiani, et vous verrez quelle mine il vous fera. Vous savez que le prince est lié avec le duc de Sussex, le seul membre de notre famille royale qui ait protesté dans le temps contre la conduite de notre cabinet envers Napoléon. Eh bien! un jour le prince conduisit le maréchal chez le vénérable duc, qui désirait beaucoup faire sa connaissance. Rien de si simple et de si naturel; mais la chose, ébruitée dès le lendemain, on en fit une affaire d'état. Aussi, croyez-moi, soyez prudent, si vous voulez éviter des désagréments inutiles.

La conversation s'est ensuite continuée sur le jeune Napoléon. Le général m'en a fait un grand éloge. Il m'a dit qu'il était aimé et estimé ici de tout le monde, sans distinction de partis; qu'il vivait d'une manière très-convenable à sa situation, s'entourant de savants et de gens distingués, livré à de sérieuses études, allant peu dans le monde, et ne voyant la société qu'autant que cela lui était imposé par sa position. Il m'a dit, enfin, que sa conduite, en Angleterre, était en tout digne et réservée, telle qu'il convient à un homme de son nom.

J'avoue, mon cher général, que ces renseignements m'ont fait plaisir. Homme d'ordre et de tranquillité, je ne voudrais pour rien au monde voir la France lancée dans de nouvelles révolutions, et je désire qu'elle n'ait jamais besoin de recourir à une nouvelle dynastie. Mais, puisque les Bonapartes sont condamnés à vivre loin de la patrie, c'est au moins une consolation pour nous de les voir commander sur la terre d'exil l'estime et le respect de la société qui les entoure.

Je pense aussi que ces renseignements vous feront plaisir, car je connais tout l'intérêt que vous portez à la famille de l'empereur, vous, dont la fidélité au grand homme est devenue historique, et qui fûtes un de ses nobles compagnons d'exil à Sainte-Hélène.

Le général B... m'a ensuite parlé des *Idées Napoléoniennes*. Ce livre nouveau du prince, à ce qu'il m'a appris, fait ici une grande sensation. Tout ce qu'on en dit excite ma curiosité. Je suis cependant très-fâché de cette publication : un homme dans la position du prince ne doit pas écrire. Comment satisfaire tous les partis? Comment convenir à tous les sentiments? Napoléon-Louis ne saurait avoir d'avenir qu'autant que de malheureux événements viendraient, bouleversant l'ordre établi, placer la France dans la nécessité, sous peine d'anarchie,

de recourir à un nom illustre pour recréer une nouvelle combinaison. Or,
dans l'impuissance de prévoir des événements de telle ou de telle autre nature
particulière, pourquoi adopter publiquement une opinion arrêtée qui pourrait être plus tard un obstacle.

Je reviens au général B... Vous savez
combien sa conversation est intéressante : il a tant vu de choses dans sa vie,
et il a connu le secret de tant d'événements ! Aussi ai-je passé avec lui deux
heures le plus agréablement du monde.
Entre autres détails piquants qu'il m'a
racontés, il y a un mot curieux que je
veux vous dire tout de suite pour ne pas
l'oublier.

Nous causions de la dernière crise ministérielle en France, et des complications où la couronne s'est trouvée engagée.

— Savez-vous, m'a-t-il dit, la véritable pensée de tout ceci. Elle est échappée
à un auguste personnage dans une conversation que lord D... eut l'honneur d'a-
voir avec lui. C'était aux bains de Dieppe,

où se trouvait la cour en 1838, quelque temps avant que lord D... allât prendre possession du court gouvernement qui lui a donné tant d'embarras. L'opinion émise dans la conversation par lord D... était que les difficultés éprouvées par le gouvernement français tenaient principalement à ce que le système représentatif n'était pas rigoureusement appliqué en France, dans toutes ses conséquences. Il disait que la couronne aurait infiniment moins d'obstacles à surmonter, si elle se bornait, comme en Angleterre, à nommer le ministère, l'habileté du chef de l'état ne consistant plus alors qu'à choisir et à changer à propos les hommes du gouvernement, et laissant ainsi aux ministres seuls toutes les difficultés.

— Vous avez raison pour l'Angleterre, interrompit vivement son auguste interlocuteur, vous avez des hommes d'état chez vous. Vos mœurs, vos usages, vos traditions, votre génie national, tout concourt à élever au sein de votre parlement de véritables hommes politiques.

Vous pouvez choisir sur les bancs de l'opposition des hommes tout prêts, tout formés aux affaires. Mais en France, où sont-ils les hommes d'état? où voulez-vous qu'on les prenne? Est-ce un tel, un tel, un tel... ajouta-t-il en haussant les épaules?... Vous voyez bien qu'on est forcé de tout faire soi-même....

C'est flatteur pour la France! Qu'en pensez-vous? Quant à moi, je faisais avec le général B...des commentaires sur cet aveu précieux, quand le colonel N... et sir Ch. C...sont entrés. Tous deux m'ont exprimé chaudement le plaisir de me revoir après les événements où nous avons figuré ensemble. Le colonel m'a appris une nouvelle bien désagréable pour moi : c'est que le prince Napoléon est absent depuis hier matin, ayant été faire un tour au château de Windsor, accompagné du prince de Wagram, fils du maréchal Berthier et d'autres personnages dont les noms rappellent l'Empire. Il paraît même qu'il doit aller de Windsor passer quelques jours à la campagne, chez le duc de

Sommerset. Cette absence me contrarie beaucoup. Adieu, mon cher général, croyez, etc.

DEUXIÈME LETTRE.

Londres, 7 août 1839.

MON CHER GÉNÉRAL,

Je suis encore tout désappointé de l'absence du prince, n'ayant que si peu de jours à rester ici. Je crains de n'avoir pas l'occasion de le voir. Du reste je ne fais pas un pas ici sans qu'on ne me parle de lui. Hier comme j'étais allé passer la soirée chez lady B..., chacun s'est empressé de me dire ce qu'on en savait. Le vice-amiral P..., qui se trou-

1.

vait là,.m'a raconté, entre autres choses, une circonstance intéressante.

« Un jour, le prince fut invité à un grand
dîner donné par le club de la marine. Le
prince qui refuse ordinairement toutes les
occasions de paraître, soit dans des ban-
quets nombreux soit dans des meetings
politiques, par un sentiment de réserve
plein de sagesse dans sa position, ac-
cepta cependant l'invitation de l'amiral
Fleming qui devait présider le dîner.
Vous n'avez pas oublié, sans doute, que
l'amiral Fleming est ce noble et brave
marin qui, en 1815, recevant à Ply-
mouth l'ordre de conduire l'empereur à
Sainte-Hélène, répondit au gouvernement anglais en lui envoyant sa démis-
sion : « Je suis prêt à mourir pour le
service de mon souverain ; mais je ne
veux pas concourir à un acte qui dés-
honore mon pays. »

« Pendant ce dîner, nous disait P., le
prince était placé à la droite de l'amiral ;
j'étais presque en face de lui, et je l'ob-
servais attentivement. Son maintien
était simple et digne, sa conversation

intéressante. Il parlait de la marine en homme qui connaît parfaitement les différentes questions qui s'y rattachent, son voyage forcé sur une frégate française lui a même fourni des rapprochements curieux avec ce qu'il a pu observer dans ce pays. C'était une chose intéressante pour nous autres vieux marins, de pouvoir causer sur de pareils sujets avec un Bonaparte; mais je vous l'avouerai, quoique Anglais, j'éprouvais par intérêt pour lui un sentiment pénible, en pensant à la fin du dîner, c'est-à-dire au moment où pour répondre au toast qui serait porté en son honneur, un Français, un Napoléon serait obligé, par l'usage et la circonstance, à en proposer un à la marine anglaise. Je ne savais, en vérité, comment le prince pourrait se tirer de ce pas difficile. Enfin, le moment que j'attendais avec inquiétude arriva. Après la santé du neveu de Napoléon, proposée par l'amiral et accueillie avec enthousiasme par nous tous, le jeune prince se leva, porta le toast convenu; puis d'une voix triste et

émue, au milieu du plus profond silence, il ajouta : « Je ne parle pas ici,
messieurs, de vos triomphes guerriers,
car tous vos souvenirs de gloire sont
pour moi des sujets de larmes; mais je
parle avec plaisir de la gloire plus belle
et plus durable que vous avez acquise
en portant la civilisation à mille peuples barbares et dans les régions les
plus lointaines. »

« Vous ne pouvez vous faire une idée,
nous ajouta le vice-amiral P. de l'intérêt
profond qu'excita parmi nous ces nobles paroles. Toute l'assemblée était
émue. Aussi je vous jure que lorsqu'il
se retira, nous restâmes tous pénétrés
de respect pour son caractère et d'estime pour sa personne. »

A l'instant où s'achevait ce récit,
M. D., ancien chargé d'affaires en Allemagne est entré et s'est mêlé à la conversation. C'est, comme vous le savez, un
des plus chauds partisans de la légitimité
du droit divin, et qui traite très-cavaliè-
rement les prétentions de la famille impériale. Il est surtout furieux des égards

que certaines grandes puissancés pa-
raissent témoigner à cette famille.
Néanmoins, je dois dire qu'il est juste
dans son appréciation des qualités du
prince Napoléon. Il nous a dit, entre
autres choses, que le neveu de l'empereur était généralement estimé en Suisse
et en Allemagne, et qu'il y avait surtout
une grande réputation de courage et de
résolution. Il nous a cité à ce sujet plusieurs traits qui vous intéresseront sans
doute.

Du temps que le prince habitait avec
sa mère le château d'Arenenberg, sur
les bords du lac de Constance, il allait
souvent se promener à cheval dans les
montagnes des environs. Un jour, arrivé
près d'un petit village sur le plateau élevé
qui domine le lac, son attention fut tout
à coup attirée par les cris d'unefoule ef-
frayée. Deux chevaux attelés à une légère
calèche avaient pris le mors aux dents,
et s'élançaient dans la direction d'un af-
freux précipice. Le cocher avait été renversé, et une dame seule avec deux
enfants dans la voiture poussait des cris

déchirants. Mais le prince a vu le danger; et aussitôt lançant son cheval de toute sa vitesse à travers les champs et les ravins, pour devancer la voiture, il l'atteint sur le bord de l'abyme, saisit un des chevaux par le mors, et le détourne d'une main si vigoureuse que l'animal s'abat, et que la voiture s'arrête, aux applaudissements de la population accourue en reconnaissant le prince dans ce hardi cavalier.

Voici un autre trait qui appartient à une époque antérieure de sa vie lorsqu'il n'avait que dix-huit à vingt ans. C'est encore un acte de courage, mais qui n'a pas comme le précédent sa source dans un sentiment d'humanité, et il serait même blâmable dans un homme du caractère du prince, s'il n'avait pour excuse son extrême jeunesse. Pendant l'hiver de 1831, se trouvant à Manheim, chez sa tante la grande duchesse de Bade, il était allé se promener sur les bords du Rhin avec sa tante et ses cousines, la princesse de Wasa, les princesse Joséphine et Marie de Bade, et plusieurs personnes de la cour. La conversation tomba sur l'ancienne galanterie française. La princesse de Wasa, avec son esprit piquant et original, se prit à faire l'éloge des temps chevaleresques, elle exaltait le dévouement des chevaliers de la beauté, et rappelant des exemples, elle établissait des comparaisons qui n'étaient pas à l'avantage de notre siècle. Le prince Napoléon entra dans la discussion avec toute la chaleur de son âge : il prétendit qu'en matière de galanterie les Français n'avaient pas dégénéré, et qu'ils feraient encore pour les dames ce qu'avaient fait leurs ancêtres. « Dans tous les temps, ajouta-t-il, les dévouements ne manquent jamais aux femmes qui savent les inspirer. »

Cette conversation était finie et, peut-être déjà oubliée, lorsque l'on arriva à l'endroit où le Neker se jette dans le Rhin, et lutte avec tant de violence pour se frayer un passage à travers les eaux du fleuve. Ce lieu, pendant l'hiver surtout, a l'aspect d'une mer furieuse. C'é-

tait le but de la promenade. On marchait lentement le long de la chaussée
du Neker, les dames occupées à défen-
dre leur toilette, contre les attaques
d'un vent violent, lorsqu'une fleur s'é-
chappant par hasard des cheveux de la
princesse de Wasa, alla tomber dans la
rivière.

—Voyez, dit la jeune femme en riant
de sa mésaventure, c'eût été une charmante occasion pour un ancien chevalier.

— Qu'est-ce donc? dit le jeune prince
qui ignorait ce léger accident ; et comme
chacun lui montrait la malheureuse
fleur entraînée par un courant furieux
et prête de disparaître dans l'abime.
« — Ah ! ma cousine, s'écria-t-il, c'est
un défi que vous me portez : Hé bien !
je l'accepte. Et aussitôt, avant qu'on
put l'arrêter, il s'élance tout habillé
dans le fleuve. Que l'on juge de l'effroi
de la grande-duchesse, de toutes les
personnes présentes, et surtout de la
princesse de Wasa, dont l'innocente
plaisanterie avait causé un tel acte de

témérité. On se lamentait, on criait au
secours : tout le monde était épouvanté
de cette audace.

Le prince cependant nageait vigou-
reusement, luttant contre la violence
du courant, et poursuivant la fleur qui
fuyait au loin.Longtemps il disparut derrière les vagues, aux yeux de ses parentes
désolées ; mais on le vit, après des ef-
forts inouïs, revenir tenant d'une
main la précieuse fleur, et regagner le
rivage qu'il aborda sain et sauf, mais
glacé.

« — Tenez, dit-il en mettant le pied sur
le bord, voici votre fleur, ma belle cousine ; mais ajouta-t-il, en riant, oubliez,
je vous prie, vos anciens chevaliers.»

Cet acte de courage et de galanterie
était bien fait pour donner l'idée d'une
nature brave et audacieuse ; il fut beaucoup applaudi en Allemagne et prêta au
jeune prince un caractère chevaleresque
qu'il a conservé dans l'esprit de la société allemande. Ce n'en est pas moins
une de ces témérités qui méritent le
blâme de tous les hommes sensés. De-

venu aujourd'hui un homme d'un caractère sérieux et grave, le neveu de
l'empereur ne dépenserait plus sans
doute son courage à de telles folies,
fût-il inspiré par des yeux aussi sédui-
sants que ceux de sa belle et spirituelle
cousine.

Adieu, mon cher général; croyez, etc.

———

TROISIÈME LETTRE.

Londres, 9 août 1839.

MON CHER GÉNÉRAL,

Il faut que je vous raconte mon dîner d'hier chez le général B... La réunion était brillante : il y avait plusieurs membres influents de la chambre des pairs et de la chambre des communes, entre autres sir R. P..., lord S..., l'ancien ambassadeur, et le fameux lord B..., dont la conversation est toujours des plus spirituelles. Ce dernier a été en butte, pendant

le dîner, à mille questions au sujet de la
fameuse brochure anglaise sur l'état de
la France, qui lui fut attribuée dans le
temps, et qu'il n'a démentie que récem-
ment. Vous vous rappelez peut-être cet
écrit curieux. L'auteur, qui paraîtrait
avoir habité Paris pendant la dernière
crise ministérielle, et y avoir été en rela-
tion avec des personnages éminents de
différents partis, cherchait à démontrer
qu'une réaction défavorable à l'ordre
établi s'accomplissait dans l'opinion publique; que cette réaction tendait à jeter
les classes moyennes dans une ligne
hostile au système suivi depuis 1830, et
que tout marchait en France à des événements graves dont l'Europe était vivement préoccupée. Il examinait ensuite
la situation morale de la Chambre des
députés, de la chambre des pairs, de la
garde nationale, de l'armée, et passait
en revue les différents partis hostiles
au gouvernement, analysant leurs élé-
ments, leurs forces et les chances d'avenir que chacun d'eux pouvait présenter.
Le parti républicain et le parti légitimiste

lui paraissaient avoir de l'importance
mais seulement comme moyens de renversement; il ne les croyait pas capables de reconstituer un ordre politique
stable. Ses arguments tendaient à prouver que la France était également anti-
pathique et à la légitimité et à la république, parce que, si elle craignait avec
l'une les rancunes des prêtres et des
nobles, elle avait à redouter avec l'autre
les divisions intestines et les guerres d'in-
vasion. Puis l'auteur passait à l'examen
d'un nouveau parti, dont il faisait
l'historique. Il expliquait comment ce
parti, que l'Europe croyait mort il y a peu
d'années, était venu fixer de nouveau
l'attention publique. Il pensait qu'une
série d'événements, la tentative de Strasbourg, le verdict du jury d'Alsace, le
procès Laîty à la cour des pairs, l'affaire
suisse, etc., avaient, en attirant les regards sur un membre de la famille de
l'empereur, ranimé des souvenirs populaires mal éteints; il indiquait hypo-
thétiquement les causes qui pourraient
faire prendre plus de consistance à ce

parti et lui donner des chances dans l'avenir. Il ne craignait même pas d'avancer que, dans le cas où l'on ne réussirait pas à éviter une nouvelle catastrophe, une combinaison napoléonienne devait, selon toutes probabilités, l'emporter sur les autres, parce qu'elle pouvait tout à la fois exercer une grande action sur les classes inférieures par le prestige de la gloire de Napoléon, présenter des garanties d'ordre public aux classes moyennes, et plaire enfin aux hautes classes par le grandiose attaché aux souvenirs de l'empire. Il allait plus loin encore : il soutenait que la politique des grandes puissances serait alors favorable à l'idée de voir arriver en France une dynastie qui, jouissant d'une immense popularité, pourrait s'en servir pour rétablir l'ordre, et empêcher une conflagration générale en Europe ; car, à l'égard des guerres de conquêtes qui avaient causé la chute de l'empereur, il était évident qu'il ne pouvait plus en être question. L'auteur terminait enfin en développant les avantages que l'Angleterre aurait, dans l'hy-

pothèse d'une nouvelle révolution, à s'u-
nir à la combinaison napoléonienne, et
à prévenir la politique russe, qui, par
une récente alliance avec la famille de
Napoléon, se montrait déjà disposée à
favoriser certaines prétentions.

Cette brochure, comme vous le voyez,
était au moins très - extraordinaire.
Lord B... ne pouvait en vérité la laisser
publier sous son nom, s'il ne l'avait pas
écrite. Il devait donc la démentir; et, en
effet, il s'évertuait pendant le dîner à
prouver qu'il y était complétement
étranger.

Mais ces messieurs prétendaient, en
riant, qu'il n'en faisait jamais d'autres;
qu'il démentait toujours trop tard les
écrits qui lui étaient attribués; qu'il
avait joué là un tour de sa façon au
gouvernement français, etc., etc.

Cette conversation a conduit à parler
de la situation de la France et de l'Europe. Le comte d'O..., qui tient aujour-
d'hui au milieu de l'aristocratie anglaise
le sceptre de l'élégance et du bon ton,
comme il y a un siècle, le célèbre

chevalier de Grammont, a fait observe
que, depuis la révolution de 1830 et le
complications qui en ont été la consé
quence, les partisans les plus distingué
des principes monarchiques en Europe
en étaient arrivés à regretter d'avoi
renversé l'empereur ; que même le parti
tory en Angleterre s'avouait aujourd'hui
qu'il eût été préférable de consentir à
un agrandissement de la France plutôt
que de renverser le gouvernement d'un
homme qui avait su fermer le gouffre des
révolutions en recréant en France une
grande autorité politique. Il disait que,
si à la révolution de 1830, on eût appelé
au trône la dynastie impériale, elle eût
été reconnue de toutes les grandes puissances, avec lesquelles elle a, du reste,
aujourd'hui des liens nombreux de pa-
renté. Il a cité, à ce sujet, les relations de
famille du jeune Napoléon, dont il se
montre un chaud partisan. Le neveu de
l'empereur se trouve en effet allié à la
Russie par son cousin, le duc de Leuch-
tenberg ; à la Bavière, par sa tante,
la veuve du prince Eugène ; au Wur-

temberg, par sa tante, la princesse de Montfort; à la maison de Bragance, par sa cousine l'impératrice du Brésil; à la Suède, par sa cousine la princesse royale, etc., etc.

On a parlé beaucoup des *idées napoléoniennes*. Il paraît que ce livre a fait réellement impression dans le monde politique et diplomatique. J'ai appris que, le jour où il a paru, tous les ambassadeurs se sont empressés d'en envoyer prendre des exemplaires pour leurs cours. Sir R. P. a fait observer que ce qu'il y avait de remarquable dans ce livre, c'est l'alliance entre les idées d'ordre et d'autorité d'une part, et les sentiments populaires et libéraux d'autre part. « Depuis la chute de Napoléon, a-t-il ajouté, la France est partagée en deux camps hostiles, d'un côté, des hommes d'ordre et d'autorité; mais qui n'ont pas les sentiments des masses, et par conséquent ne peuvent en obtenir la confiance; et d'un autre côté, des hommes populaires dont les idées de liberté, mal conçues, sont incompatibles avec l'autorité, et

2

qui n'entendent rien au gouvernement. »

« L'auteur des *Idées napoléoniennes*
prend une position toute nouvelle en
faisant ressortir des principes de liberté une grande idée d'ordre et d'autorité. »

La conversation a continué sur le
même sujet, mais pas toujours sur
le même ton. Quelqu'un s'est élevé
contre le prince. « On s'est engoué
ici, disait-il, du jeune Bonaparte, et
l'on a grand tort, car tout annonce
qu'il est mal disposé envers l'Angleterre. C'est un homme qui aura toujours présents les souvenirs de Waterloo
et de Sainte-Hélène. On ne le voit jamais
dans nos dîners ou meetings politiques;
il les évite comme s'il craignait d'y compromettre son nom de Bonaparte. Ce
n'est pas par goût, mais par force qu'il
a choisi l'Angleterre pour asile; s'il
préfère ce séjour à la Prusse, à l'Allemagne, ou à l'Autriche, où voulait
l'attirer M. de Metternich, c'est parce

que là il serait sous la dépendance des souverains de ces pays, tandis qu'il est ici libre et indépendant. S'il arrivait à la tête d'un gouvernement, il serait, comme son oncle, l'ennemi acharné de l'Angleterre. »

Lord S. a répondu qu'une pareille opinion était sans fondement ; que rien n'annonçait que le neveu de l'empereur fût animé de sentiments de haine et de vengeance ; qu'on le voyait en Angleterre lié avec des hommes de diverses opinions ; que peut-être le culte qu'il professe si haut pour la mémoire de son oncle lui faisait un devoir d'éviter des circonstances d'ailleurs pénibles pour un Français ; mais que cette conduite était de la réserve et non de la passion.

Voilà, mon cher général, tout ce qui a pu se dire de plus intéressant pour nous dans ce dîner.

Agréez, mon cher général, l'assurance de ma vive amitié.

Votre tout dévoué,

QUATRIÈME LETTRE.

Londres, ce 12 août 1839.

MON CHER GÉNÉRAL,

Hier, ayant été passer la soirée chez
lady B., j'y ai rencontré M. M... de Florence et un banquier célèbre qui paraît
s'occuper beaucoup du jeune Napoléon.
Nous causions ensemble dans un coin
du salon.

2.

« Il y a quelques jours, nous disait le banquier, j'ai lu, dans un journal anglais un article, qui tendrait à faire croire à une mésintelligence dans la famille impériale, au sujet du prince Napoléon. Que pensez-vous de ces bruits?

— Il n'y a pas un mot de vrai dans tout ceci, » a repris M. M.., qui, intime de la famille Bonaparte, connaît mieux que personne ce qui la concerne; et là-dessus il s'est mis à nous développer tout au long la situation du prince vis-à-vis de sa famille.

« La famille de l'empereur, nous a-t-il dit, et cela doit être cité à son honneur, a toujours été parfaitement unie. Elle a trop d'intérêt d'ailleurs à l'avenir du prince, *si avenir il y a*, et connaît trop bien l'avantage de sa position, pour ne pas être réunie de pensée et d'intérêt autour de lui; mais vous devez comprendre que, vivant en exil, partie en Allemagne et partie en Italie, sous des gouvernements ombrageux, elle est obligée à une grande circonspection ;

« Au surplus, s'il pouvait s'agir de revendiquer des droits politiques pour la famille Bonaparte, vous devez savoir qu'en vertu du Sénatus Consulte et du vote national, le Plébliscite de l'an XII, depuis la mort du duc de Reichstadt, ces droits ne s'étendraient qu'à deux branches collatérales de Napoléon, celle de Joseph, ex-roi d'Espagne, et celle de Louis, ex-roi de Hollande : la branche de Jérôme et celle de Lucien ayant été mises en dehors de l'hérédité de la couronne par ces actes fondamentaux des constitutions impériales. Ainsi les droits politiques de cette famille ne reposeraient aujourd'hui que sur trois personnes : 1° l'ex-roi d'Espagne, qui n'a pas d'enfants mâles ; 2° l'ex-roi de Hollande, et 3° le prince Napoléon-Louis, seul fils survivant de ce dernier. Or, les deux premiers vivant retirés, l'un à Florence, l'autre en Amérique, étaient restés étrangers à la politique depuis la chute de l'empire. Véritables philosophes exempts d'ambition, et plus épris des charmes de la vie privée que des splendeurs du trône, ces deux illustres vieillards ne pouvaient plus se jeter dans les agitations de la vie publique, pour revendiquer des droits qu'ils avaient paru abandonner depuis si longtemps. Enfin, n'ayant fait entendre à la mort du duc de Reichstadt aucune réclamation personnelle, ils semblaient considérer leur vie politique comme terminée. Dès lors, la pensée d'un parti qui aurait encore des espérances dans le rétablissement de cette famille, devait, d'après l'ordre de successibilité se reporter sur le jeune Napoléon-Louis, qui se trouvait, par rapport à son oncle et à son père, dans une position analogue à celle du duc de Bordeaux, vis-à-vis de Charles X et du duc d'Angoulême.

Après ces explications, M. M... est entré dans quelques détails sur la vie privée de différents membres de la famille de l'empereur, ce qui l'a conduit à nous raconter un trait charmant relatif au prince et à son père l'ex-

roi de Hollande, trait qui avait beaucoup intéressé toute la société de Florence.

«Vous avez entendu parler, nous a-t-il
dit, du projet de mariage qui fut si près
de se réaliser entre le vieux roi Louis et
la jeune et charmante marquise S. L'annonce d'une union si disproportionnée
avait excité l'étonnement de tout le
monde. On ne savait comment expliquer une telle détermination de la part
d'un homme, si sage dans toutes ses ré-
solutions, à un âge si avancé et avec les
infirmités dont il est accablé.

« Les uns attribuaient ce projet à une
subite passion excitée par la jeune personne dans le cœur du vieux roi; les
autres prétendaient qu'en se mariant,
le roi n'avait d'autre but que celui de
punir son fils dont il aurait eu à se
plaindre; car on allait jusqu'à assurer
qu'il voulait le déshériter. Ce qu'il y a
de certain, c'est que des intrigues politiques étaient ourdies autour du roi
pour le séparer de son fils, que l'esprit

du père paraissait ébranlé, que les lettres du fils restaient sans réponse, et
qu'enfin l'époque du mariage était déjà
fixée.

« Tel était l'état des choses lorsqu'un
jour la princesse Charlotte, veuve du
frère aîné du prince, se trouvant chez
le roi, laissa échapper dans la conversation qu'elle avait reçu une lettre
du prince en réponse à la nouvelle du
mariage projeté qu'elle lui avait com-
muniquée.

— Eh bien, demanda le vieux roi,
toujours aigri contre son fils, comment
prend-il la chose ?

— Tenez, lisez, dit la princesse Charlotte en lui montrant la lettre.

Cette lettre était l'expression de tout
ce que la piété filiale peut inspirer de
plus noble et de plus délicat. — « Ma
chère sœur, disait le prince, à peu près
en ces termes, j'ai reçu la lettre par laquelle tu m'annonces le prochain ma-

riage de mon père. Cette nouvelle ne peut m'affliger qu'en pensant que mon père aurait peut-être bientôt à regretter une union qui n'est pas assortie ; mais, dis-lui de ma part, que quelle que soit sa conduite à mon égard, je ferai toujours des vœux pour son bonheur, et si cette nouvelle union peut le rendre heureux, je jouirai moi-même d'un événement qui lui aura fait trouver les consolations qui manquent à ses vieux jours et que malheureusement je ne puis lui prodiguer moi-même... »

Le vieillard n'acheva pas, ses larmes coulaient en silence ; tous ses sentimens étaient remués. Son esprit droit et juste faisant à l'instant justice des faux rapports qu'on avait pu lui faire sur son fils, il s'écria tout attendri : « Oh mon cher fils, je vous bénis ! » Puis sur le champ, faisant venir son secrétaire, il lui dicta une lettre des plus affectueuses pour le jeune prince.

Dès ce moment, ajouta M. M..., le roi Louis devint moins empressé à poursuivre ses projets de mariage ; il commença a reconnaître que cette union ne convenait ni à son caractère ni à son âge, et bientôt il n'en fut plus question.

Maintenant, permettez-moi de vous dire deux mots des *idées napoléoniennes*, que je viens enfin de lire. Ce livre n'est pas seulement un hommage pieux à la mémoire de l'empereur, c'est tout un manifeste politique.

Depuis plus de vingt ans nous nous agitons sur des questions de mots et de formes ; depuis plus de vingt ans nous sommes divisés en deux factions enfantées par deux écoles également incomplètes, également impuissantes, l'une qui veut l'autorité sans la liberté, l'autre la liberté sans l'autorité. Pendant quelques années ces deux écoles, filles bâtardes de l'ancien régime et de la république, ont pu remuer les passions et agiter les esprits ; mais aujourd'hui, usées et déconsidérées, sans action sur les masses, elles n'ont plus pour adeptes

sérieux que ces médiocrités, éternel-
les queues des partis, dans l'histoire
de toutes les époques, criant et s'agi-
tant encore quand les têtes ont dis-
paru et que les corps sont tombés en
poussière. Quant à la nation, désabusée
des théories absolues, fatiguée des luttes
passées, dégoûtée des phrases et des
utopies, elle cherche partout une idée
pratique et réclame une nouvelle foi,
une nouvelle croyance : car c'est là aujourd'hui le véritable besoin de notre
société.

Cependant au milieu de ce désordre
des intelligences, le neveu de l'empereur, armé des grandes idées de son
oncle, vient rappeler à la France que
celui qui avait pu réunir les Français
divisés, apaiser les factions et fonder
une grande et puissante unité politique,
n'est pas mort tout entier ; que la pensée
qui a présidé à sa grande œuvre, peut
encore rallier les partis, dompter les
oppositions et recréer enfin une vaste
synthèse à la place de cette décom-
position de toute chose. Réunir les

3

principes de liberté aux principes d'autorité, rechercher dans le plus grand génie des temps modernes, une idée qui puisse servir de base à une nouvelle école, telle est la pensée du livre.

Le but si noble et si élevé que s'est proposé son auteur, sera-t-il jamais atteint? Le livre des *Idées Napoléoniennes* parviendra-t-il à fonder une école politique qui puisse dissiper les ténèbres actuelles et créer une foi nouvelle? le prince est-il enfin l'apôtre d'une croyance future, ou simplement l'historien d'une époque passée : c'est ce que l'avenir seul décidera. Tout ce que je puis dire, c'est que ce livre honore le caractère du neveu de l'empereur et ne peut manquer de lui donner au moins la réputation d'un écrivain habile et d'un politique profond.

Agréez, mon cher général, l'assurance de mon sincère attachement.

Votre tout dévoué camarade.

CINQUIÈME LETTRE.

Londres, ce 10 août 1839.

MON CHER GÉNÉRAL,

C'est demain à deux heures que je dois voir enfin le prince Napoléon. Je vous avouerai que, sur le point de satisfaire ma curiosité, je ne songe pas sans émotion à cette première entrevue.

J'ai beau chercher à m'affranchir du prestige des traditions héréditaires, vieux
serviteur de l'empire, je sens au fond
du cœur que je ne saurais me présenter
froidement devant l'héritier du nom de
Napoléon. Il est des souvenirs si puissants sur l'imagination ! comment en
effet ne pas être ému en retrouvant
sur la terre d'exil, malheureux et
persécuté, un homme né sur les mar-
ches du plus beau trône de la terre, et
dont la naissance fut environnée de tant
de splendeur et d'éclat ? Né le 20 avril
1808, ce jeune prince était le premier
enfant mâle de la dynastie impériale
venu au monde pendant l'empire et au
milieu de la gloire de Napoléon. Cette
naissance était donc un heureux événement qui devait flatter les sentiments
de l'homme, en même temps qu'il
favorisait les calculs d'avenir du grand
politique. Aussi je me rappelle encore
les fêtes qui furent données à cette
occasion et les salves d'artillerie qui
retentirent sur toute la ligne de la
grande armée. Je n'ai rien oublié de

toutes ces grandeurs, grandeurs fatales,
hélas ! car elles semblent porter malheur : le duc de Reichstadt est mort
à Vienne, le duc de Bordeaux vit exilé
à Goritz et le prince Napoléon à Londres.
Ces souvenirs, du reste, ne sont pas les
seuls qui m'attachent au neveu de l'empereur. J'ai vu ce jeune prince dans
son enfance, il y a de longues années,
lors d'une circonstance que je ne puis
oublier. C'était la veille du départ de
Napoléon pour la fatale campagne de
Waterloo. Ce jour-là, l'empereur m'avait
fait appeler pour me confier une mission importante. Quand j'arrivai à l'E-
lysée, l'empereur, qui avait déjeuné
avec sa famille, était encore renfermé
avec elle. Outre ses frères et la reine
Hortense, il avait auprès de lui ses
deux neveux, fils de cette princesse et
de son frère Louis, jeunes princes pleins
d'espérance, avec lesquels il se plai-
sait à jouer, et dont il faisait de véritables enfants gâtés, surtout du plus
jeune, le prince Napoléon-Louis actuel,
qui, par son âge et sa figure, lui rappe-

lait davantage son fils le roi de Rome, alors prisonnier de l'Autriche. Cette réunion de famille avait sans doute pour objet les adieux à faire à l'empereur, adieux qui devaient être bien tristes, si l'on pense qu'il s'agissait d'une campagne qui allait décider du sort de la France et de la dynastie.

J'avais été introduit dans une pièce voisine de celle où était l'empereur, et j'attendais depuis un moment, quand, ouvrant lui-même la porte, il entra brusquement, me salua d'un geste plein de bonté et de confiance, et, se jetant sur une chaise dans l'embrasure d'une fenêtre, commença à m'expliquer ce qu'il attendait de moi.

Il paraissait triste et soucieux, quoique sa voix fût brève et accentuée, sa pensée claire et précise. J'écoutais avec la plus profonde attention tout ce qu'il me disait, lorsque, détournant les yeux par hasard, je m'aperçus que la porte par laquelle était entré l'empe-

reur était resté entr'ouverte. J'allais
faire un pas pour la fermer, mais je
vis tout à coup un jeune enfant se glis-
ser dans l'appartement et s'approcher
de l'empereur. C'était un charmant
garçon de sept à huit ans, à la chevelure
blonde et bouclée, aux yeux bleus et
expressifs, et revêtu d'un uniforme des
lanciers de la garde impériale. Sa figure
était empreinte d'un sentiment dou-
loureux; toute sa démarche révélait
une émotion profonde qu'il s'efforçait
de contenir.

Frappé de cette apparition inatten-
due, je suivais avec intérêt tous les mou-
vements de ce jeune enfant, tandis que
l'empereur, ne l'apercevant pas, con-
tinuait seul la conversation. Enfin, l'enfant s'étant approché, s'agenouilla
devant l'empereur, mit sa tête et ses
deux mains sur ses genoux, et alors ses
larmes coulèrent en abondance.

« Qu'as-tu, Louis? s'écria l'empereur d'une voix où perçait la con-
trariété d'avoir été interrompu,

pourquoi viens-tu ici ? pourquoi pleures-tu ? »

Mais l'enfant, intimidé, ne répondait que par ses sanglots ; peu à peu cependant il se calma, et, d'une voix douce et triste, il dit enfin :

« Sire, ma gouvernante vient de me dire que vous partiez pour la guerre. Oh ! ne partez pas ! ne partez pas !

— Mais pourquoi ne veux-tu pas que je parte ? s'écria l'empereur d'une voix subitement adoucie par la sollicitude de son jeune neveu, car c'était le prince Napoléon-Louis lui-même, le jeune favori de l'empereur ; pourquoi ne veux-tu pas, mon enfant ? lui disait-il en relevant sa tête et passant sa main dans ses blonds cheveux. Ce n'est pas la première fois que je vais à la guerre : pourquoi t'affliges-tu ? Ne crains rien, je reviendrai bientôt.

— Oh ! reprit le jeune prince, toujours en pleurant, oh ! mon cher oncle, c'est que les méchants alliés veulent vous tuer; oh! laissez-moi aller, mon oncle, laissez-moi aller avec vous... »

Ici l'empereur ne répondit rien ; la tendresse de cet enfant lui allait au cœur. Il prit le jeune prince sur ses genoux, le serra dans ses bras et l'embrassa avec effusion. En ce moment, remué par cette scène touchante, je ne sais quelle idée me passa par la tête, mais j'eus la sottise de parler du roi de Rome.

« Hélas ! s'écria l'empereur, qui sait quand je le reverrai!... »

L'empereur paraissait profondément ému ; mais cela dura peu, et bientôt, reprenant toute la fermeté de sa parole : « Hortense! Hortense ! » appela-t-il ; et comme la reine s'était empressée d'accourir : « Tenez, enmenez mon neveu, et réprimandez sévèrement sa gouvernante qui, par des paroles inconsidérées, exalte la sensibilité de cet enfant. » Puis, après quelques paroles douces et affectueuses au jeune prince pour le consoler, il allait le rendre à sa mère, quand s'apercevant, sans doute, combien j'étais attendri:

3.

« Tenez, me dit-il vivement, embrassez-le. Il aura un bon cœur et une belle âme; » et pendant que je couvrais le jeune prince de mes baisers et de mes larmes : « Eh! mon cher ***, ajouta-t-il, c'est peut-être là l'espoir de ma race... »

Et maintenant, mon cher général, vous devez comprendre tout l'intérêt que le souvenir de cette scène donne à mon entrevue prochaine avec ce même prince Napoléon, que j'ai pressé dans mes bras, il y a vingt-quatre ans, dans une conjoncture aussi solennelle, et combien il me sera doux de la lui rappeler si toutefois il s'en souvient. Un homme de mon âge vit plus dans le passé que dans l'avenir. Aussi la présence du neveu de l'empereur va-t-elle être pour moi une véritable fête, car elle me retracera d'une manière vivante tout ce passé glorieux de notre jeunesse. Il me semblera, en imagination, que notre France est encore la grande nation, et que notre auguste empereur domine encore le monde par sa puissance et son génie.

A demain donc, mon cher général, le récit de ma première entrevue.

Votre dévoué camarade.

SIXIÈME LETTRE.

Londres, ce 17 août 1859.

MON CHER GÉNÉRAL,

Hier matin, à une heure après midi, selon l'invitation du prince, je me suis rendu à son hôtel dans *Carlton-House-terrace*. Cette maison est située dans une des plus belles parties de Londres, sur une large place entourée de jardins, entre Saint-James Park et Regent-Street, et dans le voisinage des beaux clubs *United service club*, *Athœneum* et *Travellers*, qui donnent à tout ce quartier un aspect monumental.

Vous me demanderez peut-être quel rapport peut exister entre *Carlton-House* et l'ancien palais de ce nom qu'habitait le prince régent d'Angleterre. Je vous dirai donc que Carlton-House, résidence actuelle du prince Napoléon, a été construit sur l'emplacement de la célèbre demeure royale ou s'agita longtemps cette politique de haine et de passion qui devait faire mourir Napoléon à Sainte-Hélène. Quelle étonnante circonstance! direz-vous; mais cé n'est pas tout. Sachez qu'avant la construction du nouveau Carlton-House, ce fut sur ce même emplacement que l'on dressa l'immense tente qui se voit encore à Woolwich, et sous laquelle se donna, en 1815, la fête fameuse, où assistait

l'empereur de Russie, et par laquelle
la sainte-alliance célébra la bataille
de Waterloo et la chute de l'empereur.
Que penser de ces jeux bizarres de la
fortune! quelle main secrète et mysté-
rieuse, non contente d'avoir conduit en
Angleterre le neveu de l'empereur, semble aussi avoir pris plaisir à lui donner
pour asile le lieu même où la catastrophe qui précipita sa famille devint un
sujet de réjouissances. Rien de si triste
que de songer à ces cruels caprices du
sort!

C'est absorbé dans ces pénibles ré-
flexions que je franchis le seuil de l'hôtel. J'avais été introduit dans une première pièce par un domestique, lorsque
bientôt après, un jeune homme attaché
au prince est venu me chercher et m'a
conduit dans un salon où il m'a laissé
pour aller prévenir le prince de mon
arrivée. Ce salon, est d'un aspect sévère. Un magnifique buste en marbre de
l'empereur, chef-d'œuvre de Canova, un
superbe portrait de l'impératrice José-

phine, par Isabey, un autre de la reine Hortense, et un médailler en velours noir, renfermant les portraits de tous les princes et princesses de la famille impériale, sont les seuls ornements qui ont tout d'abord frappé mes yeux. Le milieu de la salle est occupé par une grande table, sur laquelle sont déposés avec ordre une multitude de journaux français et étrangers, quotidiens ou périodiques ; sur une autre table, sont placés des ouvrages de politique, de finances, de législation, des cartes et des livres de science ; tout enfin semble indiquer la demeure d'un homme, pour qui la vie a un but noble et élevé.

Ces détails attiraient mon attention lorsque le prince est entré.

« Ah ! général, que je suis heureux de vous voir, m'a-t-il dit, en s'avançant vers moi avec empressement et me tendant la main.

— Hélas ! mon prince, lui ai-je répondu, ce n'est pas sur la terre d'exil qu'un vieux soldat de l'empereur voudrait rencontrer son neveu.

— Du moins, c'est une consolation pour moi de pouvoir serrer la main d'un Français, et d'un homme de votre caractère; car vous, a-t-il ajouté avec une expression de voix qui m'a remué le cœur, vous êtes resté fidèle à vos anciennes affections.

— Je ne suis pas le seul en France, mon prince; les masses sont comme moi, elles ont conservé un culte religieux pour la mémoire de l'empereur, et des sentiments de vénération pour sa famille.

Mais avant de vous rapporter notre conversation, laissez-moi vous faire le portrait du jeune Napoléon.

Le prince est d'une physionomie agréable, d'une taille moyenne, d'une tournure militaire; il joint à la distinction de toute sa personne la distinction plus séduisante de ces manières sim-

ples, naturelles, pleines d'aisance et de
bon goût, qui semblent l'apanage des
races supérieures. Au premier abord, j'ai
été frappé de sa ressemblance avec le
prince Eugène et avec l'impératrice Joséphine sa grand'mère ; mais je n'ai pas
remarqué une égale ressemblance avec
l'empereur.

Il est vrai que n'ayant ni l'ovale de
figure, ni les joues pleines, ni le teint
bilieux de son oncle, l'ensemble de sa
figure est privé de quelques-unes des
particularités qu'on remarque d'abord
dans la tête de l'empereur, et qui suffisent
pour donner aux portraits les plus infi-
dèles et les plus informes une certaine
ressemblance avec Napoléon. Les mous-
taches qu'il porte avec une légère impériale sous la lèvre inférieure, im-
priment d'ailleurs à sa physionomie un
caractère militaire d'une nature trop
spéciale pour ne pas nuire à sa ressemblance avec son oncle ; mais en obser-
vant attentivement les traits essentiels,
c'est-à-dire ceux qui ne tiennent pas au

plus ou au moins d'embonpoint, et au plus ou au moins de barbe, on ne tarde pas à découvrir que le type napoléonien est reproduit avec une étonnante fidélité. C'est, en effet, le même front élevé, large et droit, le même nez aux belles proportions, et les mêmes yeux gris, quoique l'expression en soit adoucie; c'est surtout les mêmes contours et la même inclinaison de la tête, tellement empreinte du caractère napoléonien, que, quand le prince se retourne, c'est à faire frissonner un soldat de la vieille garde; et si l'œil s'arrête sur le dessin de ces formes si correctes, il est impossible de ne pas être frappé, comme devant la tête de l'empereur, de l'imposante fierté de ce profil romain, dont les lignes si pures et si graves, j'ajouterai même si solennelles, sont comme le cachet des grandes destinées.

Le caractère distinctif des traits du jeune Napoléon est la noblesse et la sévérité; et, cependant loin d'être dure, sa physionomie respire au con-

traire un sentiment de bonté et de dou-
ceur. Il semble que le type maternel qui
s'est conservé dans la partie inférieure
du visage soit venu corriger la rigidité
des lignes impériales, comme le sang
des Beauharnais paraît avoir tempéré en
lui la violence méridionale du sang napoléonien. Mais ce qui excite surtout
l'intérêt, c'est cette teinte indéfinissable
de mélancolie et de méditation répandue
sur toute sa personne, et qui révèle
les nobles douleurs de l'exil.

Maintenant, d'après ce portrait, il ne
faut pas vous représenter un beau jeune
homme, un de ces adonis de romans
qui excitent l'admiration des boudoirs.
Rien d'efféminé dans le jeune Napoléon. Les nuances sombres de sa physionomie indiquent une nature énergi-
que; sa contenance assurée, son regard
à la fois vif et penseur, tout en lui montre une de ces natures exceptionnelles,
une de ces âmes fortes qui se nourrissent
de la préoccupation des grandes choses, et qui seules sont capables de les accomplir.

Je n'ai pas besoin de vous dire pourquoi j'insiste sur ce sujet. Tous les hommes qui ont joué un grand rôle dans l'histoire ont eu dans leur personne de ces séductions secrètes et mystérieuses qui inspirent les dévouements, enchaînent les volontés et fascinent les masses. La puissance du regard de Napoléon n'a pas peu contribué à son ascendant sur les hommes qui l'entouraient.

Je reviens à notre conversation. Ce qui m'a fait un grand plaisir, c'est qu'il s'est très-bien souvenu de la scène dont je fus témoin la veille du départ de l'empereur pour Waterloo, et que je vous ai racontée dans ma dernière lettre.

« Hélas ! a-t-il dit, c'est une circonstance de ma vie qui ne s'effacera jamais de ma mémoire ; car, ce jour-là, pendant que j'étais sur les genoux de l'empereur, j'ai senti une de ses larmes tomber sur mon front. »

Ici, mon cher général, je ne puis vous dire ce qui s'est passé en moi ; mais ce souvenir en a réveillé tant d'autres, que je me suis senti tout ému. — Monseigneur, me suis-je écrié, cette larme vous portera bonheur; c'était le baptême de la gloire et du génie !...

— De la gloire! ah! oui, il en est une que je désire ardemment...

— Oh! celle-ci, je ne vous la souhaite pas, ai-je dit en l'interrompant et croyant deviner sa pensée. Puissiez-vous être heureux au sein de la vie privée, et acquérir une grande gloire dans les sciences! mais la gloire politique ou la gloire militaire, Dieu vous en préserve! elles entraînent après elles de trop terribles revers !

— Eh! qu'importe! s'est-il écrié; faire son devoir est tout dans ce monde; et quant au malheur, n'est-il pas la poésie de la gloire!

— Mais la gloire elle-même peut faire défaut au plus sublime désintéressement, aux intentions les plus magnanimes, lorsqu'elles sont mal interprétées: gouverner les hommes est une entreprise si périlleuse! Croyez-vous, par

exemple, qu'il ne soit pas difficile de
gouverner la France?

— Difficile! a-t-il repris vivement;
oh! oui, bien difficile, quand on n'a ni
les mêmes sentiments ni les mêmes intérêts qu'elle. Puis, après un moment
de silence, d'une voix plus calme, il a
ajouté : La France est éminemment la
nation de l'honneur. L'honneur doit être
en France ce qu'était la religion dans
l'ancienne Rome, la base de tout. Tout
est possible sur ce terrain, les merveilles
de l'industrie, comme les merveilles de
la guerre : sans l'honneur tout retombe
dans le chaos. Et comme à Rome, quand
la religion a succombé, les légions romaines ne sont plus que des soldates-
ques furieuses qui déchirent le sein de
la patrie; de même, ôtez l'honneur, et la
grande nation disparaît derrière une
nuée d'agioteurs dont elle devient la
proie.

Après ces paroles la conversation s'est
engagée sur la situation de la France.
Le prince m'a entretenu longuement sur
ce sujet, et m'a développé avec franchise

sa manière de voir. Je ne puis dire combien j'étais touché de l'accent triste de
sa voix en parlant de la France. Vous
ne vous figurez pas l'expression de cette
douleur si noble et si sympathique
qu'inspire l'amour de la patrie. Je savais, avant d'avoir vu le neveu de l'empereur, combien l'exil exalte ce sentiment dans les cœurs généreux; mais
jamais je ne l'avais entendu exprimer
avec autant de cette éloquence qui pé-
nètre l'âme en même temps qu'elle fait
réfléchir.

— Ce ne sont pas les hommes de talent
qui manquent en France, disait le prince; la nation de l'honneur est aussi la
nation la plus intelligente de la terre.
Ce qui manque, c'est à la tête des affaires la passion des améliorations, cette
passion qui caractérise les nouvelles races, et qui était l'âme du gouvernement
de l'empereur. Ah! si, depuis les vingt-
quatre ans que nous sommes en paix, à
la place de ces gouvernements de bavar-
dage où tous les hommes de talent, au
lieu de concourir au bien public, ne

sont occupés qu'à lutter entre eux, la France avait pu conserver le gouvernement de l'empereur, ce gouvernement qui, encore une fois, avait à un point si éminent cette noble passion du progrès, quelle ne serait pas aujourd'hui la prospérité de notre pays ! Le territoire serait sillonné de chemins de fer et de canaux ; la richesse régnerait dans toutes les provinces, l'aisance dans tous les villages, l'activité partout. Si l'empereur a accompli tant et de si grandes choses pour la prospérité intérieure de la France, en si peu d'années, et malgré ses longues et terribles guerres, que n'eût-il pas fait pendant vingt-quatre ans de paix !

Ah ! général, a-t-il ajouté, quelles calamités ont été pour la France les malheureux événements de 1814 et 1815, qui ont arrêté tout ce grand élan imprimé par Napoléon, qui ont bouleversé toutes les idées, confondu toutes les croyances, et livré enfin toutes les intelligences à ces misérables et interminables discussions de formes, de personnes et de mots!

Voyez! que fait-on aujourd'hui? La grande préoccupation, la grande pensée, c'est de parvenir à maintenir la tranquillité des rues de Paris, à l'aide de cinquante mille soldats condamnés à ce triste métier de police. La grande affaire ensuite, c'est de préparer la session pour obtenir le budget; car toute la question est là. L'habileté de l'époque n'est pas de développer les facultés de la France, c'est de diviser les hommes d'état, d'amuser les partis par des discussions sans fin, comme sans but, et d'arriver au terme de la session, enchanté qu'on est de renvoyer les chambres et d'avoir encore une année d'existence devant soi. Quelle noble et nationale politique!

« Je ne parle pas des questions extérieures ; on pourrait m'accuser d'avoir hérité de passions guerrières. Je ne parle que des travaux de la paix, de cette paix tant vantée ; je parle de la prospérité intérieure. Où est-elle cette prospérité? Notre commerce est sans débouchés; une grande partie de la population reste en dehors du mouvement industriel; aucune institution de crédit dans les provinces; l'usure dans les campagnes, comme l'agiotage dans les villes! Nos routes sont détestables, nos chemins communaux n'existent que de nom, nos villages sont en proie à l'ignorance et à la misère. Toutes les questions d'amélioration sont laissées de côté. Les chemins de fer, par exemple! quelle honte! on en est encore à délibérer, et discuter non pas où les faire, mais par qui les faire: éternelle question de la médiocrité, qui nous rend la risée de l'Europe.

« La France, a continué le jeune Napoléon, s'animant par degrés devant ce tableau de la situation actuelle, la France, habituée depuis des siècles à recevoir son impulsion pratique du gouvernement, reste, depuis la chute de l'empire, sans direction, sans impulsion. Et cependant jamais, dans l'histoire du monde, on ne vit entre les mains d'un

gouvernement un aussi puissant levier
d'activité que l'organisation adminis-
trative dont le gouvernement actuel a
hérité de l'empire. Quelle douleur de
penser que cette immense machine, ca-
pable de remuer le monde, n'est occu-
pée depuis vingt-quatre ans qu'à rouler
sur elle-même à grand bruit de paroles,
et sans faire un pas en avant, elle qui
pourrait si facilement faire la gloire de
la France, développer toutes ses facultés, toutes ses ressources, et arracher
des millions d'hommes à la misère!

« Et comment, a-t-il ajouté, devant
un tel état de choses, puis-je croire la
France satisfaite! Ah! général, si le
gouvernement actuel était vraiment
un gouvernement de progrès, animé
de cette passion du bien public qui
à la tête de l'état peut accomplir de
si grandes choses; ah! croyez-le,
l'exil ne serait pas pour moi si rempli
d'amertume; la pensée du bonheur de
la France me consolerait. Il ne me
manquerait pas d'ailleurs de buts nobles et élevés, dignes du nom que je

porte. Je mettrais alors ma gloire à aller fonder une colonie dans quelque contrée lointaine, à y appeler les victimes de nos discordes civiles, et à y créer enfin une seconde patrie digne de la Grande Nation. »

Voilà, en résumé, mon cher ami, ce que le prince m'a dit de plus saillant pendant le cours de notre entretien. Je ne puis pas dire que j'aie partagé en toutes choses son opinion; mais j'ai été frappé de l'élévation de ses idées et de la noblesse de ses sentiments.

Il était plus de quatre heures quand je me retirai. Le prince m'a engagé alors à venir dîner demain chez lui, et il a eu la bonté de me remettre un exemplaire de son ouvrage des *Idées napoléoniennes*, sur lequel il a bien voulu écrire de sa main un mot flatteur pour moi.

« Écoutez, général, m'a-t-il dit au moment où j'allais partir, votre visite m'est précieuse au delà de ce que je puis vous exprimer. Ce n'est pas seulement le bonheur de revoir un des bra-

ves compagnons de mon oncle ; mais,
dans ma position, il m'importe de bien
connaître la France. Peut-être puis-je
mieux juger de loin l'ensemble des événements, n'étant pas mêlé aux partis
et aux passions qui s'agitent en France.
Là presse et la rapidité des communica-
tions me permettent d'ailleurs d'être
parfaitement au courant du mouvement
des esprits ; mais, vous le savez, il
existe dans tous les partis un langage of-
ficiel, derrière lequel se cache toujours
la vérité *vraie*. Ce sont ces nuances qui
échappent à ceux qui ne voient les événements que de loin et par la publicité
officielle. »

J'ai beaucoup de personnes qui m'é-
crivent et viennent me voir ; mais il
y a tant de contradictions dans tout ce
qui m'est rapporté, que je crains toujours de me tromper sur les détails, et
particulièrement sur le véritable caractère des hommes politiques qui occu-
pent les affaires. Vous me parlerez d'eux
avec votre franchise militaire ; vous me
direz aussi votre opinion entière sur les

partis, sur l'armée, sur l'état moral de
la France. »

Adieu, général, a-t-il ajouté en me
tendant la main; croyez au bonheur
que me fait éprouver votre visite.

Ainsi s'est terminée notre première
entrevue. A demain donc.

Votre tout dévoué.

SEPTIÈME LETTRE.

Londres, ce 18 août 1839.

MON CHER GÉNÉRAL,

Ce matin, j'étais sorti avec le général B... pour aller visiter le Musée Britannique, lorsque, arrivés à la porte principale de cet établissement, nous avons vu une foule considérable arrêtée autour d'une voiture, et que nous avons reconnue aux aigles impériales qui en décoraient les panneaux. C'était en effet celle du prince Napoléon qui visitait en ce moment la bibliothèque royale, et dont le peuple attendait la sortie. Nous étant mêlés à

la foule, nous attendions comme elle
depuis un moment, quand le prince a
paru devant le peuple, qui s'est empressé
de lui ouvrir un passage vers sa voiture,
et l'a accueilli avec acclamation, aux
cris mille fois répétés de *vive Napoléon!*
Cette scène m'a touché : je n'aurais jamais cru que le peuple anglais pût témoigner un tel enthousiasme devant
le neveu d'un homme qui a fait une
guerre si acharnée à la Grande-Bretagne.

— Ne vous étonnez pas de cette circonstance, m'a dit le général B..., depuis 1815, il s'est opéré une grande
réaction en Angleterre. Pour le peuple
anglais, l'empereur est aujourd'hui la
personnification de la révolution française. Prenez le premier venu dans la
rue, et parlez-lui de l'empereur; il vous
répondra qu'il aime Napoléon, parce que
c'était l'ami du peuple; tandis que d'un
autre côté les classes élevées ne voient
plus dans l'empereur que le représentant du pouvoir. Ce sentiment est aujourd'hui général en Angleterre, et
je crois même dans toute l'Europe.

Ainsi, par exemple, la brillante récep-
tion du maréchal Soult en Angleterre
n'a pas eu d'autre principe que la vénération du peuple pour la mémoire de
l'empereur, dont il regarde Soult comme
un des fidèles généraux. J'accompagnais
un jour le maréchal dans une de ses visites à la Cité : une foule immense entou-
rait sa voiture ; au moment où il allait y
monter, un homme du peuple s'appro-
cha vivement, lui prit la main, et lui dit
avec énergie : « Maréchal, vous êtes
un bon B..., vous n'avez pas trahi Napoléon, vous!... » Ce mot était dans la
bouche de tout le peuple, et le cri de
vive Napoléon! résonnait toute la journée aux oreilles du maréchal. Quant au
neveu de l'empereur, le peuple le connaît et ne manque jamais, quand il le
rencontre, de lui montrer sa sympathie.

Rentré à l'hôtel de très-bonne heure
avec le général B..., j'ai reçu la visite de
M. le docteur Conneau, ancien médecin
de la reine Hortense, et savant du premier mérite, que le prince m'a envoyé,
pour me prier de venir à *Carlton-House,*

à cinq heures, afin d'avoir le temps de causer avant le dîner. J'ai profité de cette occasion pour avoir plusieurs renseignements intéressants sur la position du neveu de l'empereur. La conversation étant tombée sur l'affaire suisse, il m'a dit à ce sujet des choses fort curieuses.

Il paraît que, pendant le conflit, les passions étaient exaltées à un tel point dans les cantons suisses, que le prince eût pu facilement profiter des dispositions hostiles de ce pays. Des offres positives lui furent faites, mais il les refusa. « La considération principale qui m'oblige, dit-il aux personnes chargées de les lui communiquer, à renoncer aux avantages que vous m'offrez, c'est qu'un Bonaparte ne saurait rentrer en France escorté d'étrangers : ce serait une tache à l'honneur du sang de Napoléon. Plutôt mille fois mourir dans l'exil ! Si je voulais tenter une seconde fois la fortune, c'est seul de ma personne que j'irais me jeter au milieu d'une armée française. »

J'ai demandé ensuite au docteur des détails sur la vie privée du neveu de l'empereur. Il m'a répété, sur ce sujet, tout ce qui m'avait été souvent raconté.

« Le prince Napoléon, m'a-t-il dit, est un homme de travail et d'activité, sévère pour lui-même, indulgent pour les autres. Dès six heures du matin il est dans son cabinet, où il travaille jusqu'à midi, heure de son déjeuner. Après ce repas, qui ne dure jamais plus de dix minutes, il lit les journaux, et fait prendre des notes sur ce qu'il y a de plus important dans les nouvelles et la politique du jour ; à deux heures, il reçoit des visites ; à quatre, il sort pour ses affaires particulières ; monte à cheval à cinq et dîne à sept ; puis ordinairement il trouve encore le temps de travailler plusieurs heures dans la soirée.

« Quant à ses goûts et à ses habitudes, ils sont ceux d'un homme qui n'apprécie la vie que par son côté sérieux, il ne connaît pas le luxe pour lui-même. Dès le matin, il s'habille pour toute la journée. De toute sa maison, il est le plus

5

simplement mis, quoiqu'il y ait toujours dans sa tenue une certaine élégance militaire. Dès sa plus tendre jeunesse, il méprisait les usages d'une vie
efféminée et dédaignait les futilités du
luxe. Quoiqu'alors une somme considérable fût déjà consacrée par sa mère
à son entretien, c'était toujours la
dernière chose à laquelle il pensait.
Tout cet argent passait à des actes de
bienfaisance, à fonder des écoles ou
des salles d'asile, à étendre le cercle de
ses études, à imprimer ses ouvrages politiques ou militaires, comme son *Manuel
d'artillerie*, ou bien à des expériences
scientifiques. Sa manière de vivre a
toujours été rude et frugale; à Arenemberg, elle était toute militaire. Son
appartement, situé non dans le château, mais dans un pavillon à côté, n'of-
frait rien de ce faste et de cette recher-
che qu'on remarquait dans la demeure
de la reine Hortense. C'était vraiment la
tente d'un soldat; on n'y voyait ni ta-
pis, ni fauteuils, ni rien de ce qui peut
énerver le corps; mais des livres de

sciences et des armes de toute sorte. Pour lui-même, dès la pointe du jour il était à cheval, et avant que personne fût levé au château, il avait déjà fait plusieurs lieues, quand il se mettait au travail dans son cabinet. Habitué aux exercices militaires, cavalier des plus adroits que l'on puisse voir, il ne passait pas de jour sans se livrer à quelques-uns de ces exercices, comme celui du sabre et de la lance à cheval, et le maniement des armes de l'infanterie qu'il exécutait avec une adresse et une rapidité extraordinaires : infatigable au physique comme au moral, austère, laborieux, le neveu de l'empereur, a ajouté le docteur, est un véritable Romain de la république. »

Adieu, mon cher général,

Tout à vous.

HUITIÈME LETTRE.

Londres, ce 19 août 1839.

MON CHER GÉNÉRAL,

Selon l'invitation du prince Napoléon, je me suis rendu hier chez lui deux heures avant l'heure du dîner. A peine étais-je arrivé, il m'a fait passer dans son cabinet, où nous avons eu d'abord une assez longue conversation sur la situation de la France et particulièrement de l'armée, de la garde nationale et des partis. Questionné par lui sur différents sujets,

je lui ai dit mon opinion tout entière,
qu'il a paru écouter avec beaucoup d'attention. Je ne lui ai pas caché que la
France était fatiguée de cinquante ans
de révolutions, qu'elle voulait du repos
et de la tranquillité, et que ce sentiment
était tout-puissant sur l'esprit public.

« Oui, je sais, a dit le prince en
m'interrompant, je sais que la France,
épuisée par de longues et violentes agitations, est tombée maintenant dans
une maladie de langueur. Les tempé-
raments vifs et passionnés subissent
toujours, après des excès d'activité, de
ces engourdissements qui émoussent
la sensibilité. Cet état léthargique est
le secret de tout ce qui se fait aujour-
d'hui. Voyez, disent ceux qui la régis-
sent, la France approuve tout, elle
consent à tout, elle légitime tout....
oui, elle subit une à une chaque nouvelle humiliation, chaque nouvelle misère; car tout glisse sur elle, comme sur
une surface insensible ; mais au premier choc moral qui rappellera en elle
le sentiment et la vie, elle rejettera à la

fois toutes les humiliations, toutes les misères. »

Ce sujet épuisé, nous sommes passés aux questions de personnes.

« Je vais vous montrer, m'a dit le prince, comment je parviens, quoique éloigné de la France, à connaître les hommes importants, soit dans l'ordre civil, soit dans l'ordre militaire.» Et là-dessus il m'a montré deux énormes registres qu'il m'a prié de parcourir avec lui. Dans l'un se trouvaient inscrits avec des notes détaillées sur leur position, leur capacité, leur caractère, tous nos hommes d'état, les membres des deux chambres, les hauts fonctionnaires publics, les journalistes et hommes de lettres, et généralement tous ceux qui peuvent avoir quelque influence dans l'ordre civil. L'autre registre, consacré à l'armée, comprenait toute l'organisation militaire, tout l'état-major général et chacun des régiments de l'armée, au courant des mutations et changements de chaque jour. Quel immense travail ! Que de peines ont dû coûter de telles recherches ! Mais ce qui m'a le plus étonné, c'est la modération et la haute impartialité avec laquelle sont tracés les caractères de ceux même qui se sont montrés le plus hostiles à l'empereur, à la dynastie impériale ou à la personne du prince. J'en ai été si frappé, que je n'ai pu dissimuler au prince mon étonnement.

« Hélas ! a-t-il répondu, ne faut-il pas beaucoup oublier ? l'empereur sur le rocher de Sainte-Hélène n'en a-t-il pas fait un devoir pour sa famille ? Rappelez-vous aussi cette parole si profonde, prononcée au retour de l'île d'Elbe : *Il est des événements d'une telle nature, qu'ils sont au-dessus de l'organisation humaine !* Oui, mon cher général, c'est la seule explication possible de ce qui a suivi les malheurs de l'empire. Et puis, dans ces cinquante ans de révolution et de guerres civiles, quel homme politique peut dire n'avoir jamais été dominé par les événements ? En est-il un seul qui, pendant le cours de nos longues agitations, n'ait aucun acte à regretter ?

C'est qu'il n'y a pas de fièvre violente sans des moments de délire. Voyez Lafayette, certes, c'était un homme de bien, dévoué à la liberté, dévoué à son pays, un grand citoyen enfin. Rappelez-vous cependant sa conduite en 1815, lorsqu'au lieu d'imiter l'exemple sublime du sénat romain, allant au-devant de Varron après la bataille de Cannes, on le vit, à la tête du parti libéral, aveuglé comme lui par un égarement inconcevable, désarmer la France devant un ennemi victorieux, et la livrer pieds et mains liés à la discrétion de l'étranger. C'est, encore une fois, qu'il est des événements d'une telle nature, qu'ils sont au-dessus de l'organisation humaine. Oublions donc ces tristes souvenirs. Jugeons les hommes dans l'état de santé et non pas dans l'état de fièvre.

« Quelle malheureuse situation que celle de la France ! Il y a, certes, dans le gouvernement et dans l'opposition des hommes de mérite, de talent et de caractère. Mais qui les reconnaît tels ?

5.

seulement leur propre parti. Hors de
là, ils ne sont plus appréciés. C'est que
tous malheureusement ne sont plus
que les instruments d'un parti, ennemi radical de tous les autres; et
que les partis n'ont pas pour but en
France, comme en Angleterre, le simple
triomphe d'une idée à la tête des affaires, mais le renversement de l'état politique tout entier! Cependant, me direz-
vous peut-être, ne contribuez-vous pas
vous-même à cette fâcheuse situation?
Non, général, un tel reproche ne peut
m'être adressé; tant que j'ai pu croire
que la combinaison de 1830 saurait rallier les partis et fonder un gouvernement national, j'ai fait taire mon
ambition, et su rester dans l'ombre.
J'ai fait plus encore; dévoué à mon
pays, j'ai demandé, en 1831, à le servir
comme citoyen et comme soldat. Mais
avec des idées de coteries on ne pouvait
comprendre cet acte de désintéressement, et l'on a repoussé ma demande.
Depuis, tout ce que j'ai fait n'a eu d'autre but que d'arriver à la destruction

des partis. En me rendant à Strasbourg,
j'étais surtout inspiré par cette pensée. Si j'avais réussi, j'en aurais donné
une preuve éclatante. J'aurais convoqué
sur-le-champ, à un grand conseil de
gouvernement, toutes les illustrations
de la France, sans distinction d'opinion,
pour m'aider dans les circonstances;
puis, après avoir consulté la nation
entière, après avoir obtenu la sanc-
tion du peuple; une fois enfin que la
France aurait exprimé sa volonté dé-
finitive, si alors un parti quelconque
eût osé lever la tête pour attaquer l'œuvre du peuple, je l'aurais exterminé
sans pitié; mais en même temps sans
haine, sans rancune, j'aurais tendu la
main à tous les hommes du parti vaincu
qui eussent voulu servir la France. »

Rentré au salon après cette conversation, nous y avons trouvé plusieurs
savants célèbres, sir James South, le
célèbre astronome M. Babbage, ce ma-
thématicien extraordinaire qui a inventé
des machines pour exécuter les calculs
les plus compliqués; M. Faraday, le

savant chimiste, etc.; le colonel M. et les personnes de la maison du prince. J'espérais rencontrer le colonel Vaudrey, mais le prince m'a appris qu'il était parti pour un voyage en Bourgogne, et qu'il reviendrait bientôt auprès de lui. Il m'en a parlé avec l'expression d'une vive affection. Bientôt après on est venu annoncer que son altesse était servie, et nous sommes passés à table, dans une salle ornée de superbes colonnes de marbre. Je ne vous fatiguerai pas par les détails du service intérieur du neveu de l'empereur ; ce que je dois dire cependant, c'est que tout m'a paru parfaitement convenable, et dans les justes limites entre l'élégance et la simplicité. Quant à l'étiquette, je n'en n'ai pas vu d'autre que celle habituelle dans la société en général.

La conversation pendant le dîner a été intéressante et toute scientifique. Le prince nous a entretenus de ses travaux sur l'artillerie et de quelques expériences nouvelles dont il s'occupe. Nous ayons aussi beaucoup parlé de l'armée et du moyen d'améliorer sa condition. Le jeune Napoléon ne la croit ni bien organisée, ni bien administrée ; il pense que, sans augmenter les charges de l'état, il y a beaucoup à faire pour améliorer le sort de l'armée. Toutes ses idées à cet égard m'ont paru dignes du nom qu'il porte.

La conversation a repris sur des sujets scientifiques. Une fois cependant un des convives, ayant commencé une discussion politique, s'est laissé aller à quelques paroles peu mesurées sur la personne du roi Louis-Philippe; mais il a été sur-le-champ interrompu par le prince, qui, sans affectation et de la manière la plus naturelle, a remis la conversation sur un autre sujet. J'ai trouvé cette conduite pleine de tact et de bon goût.

Le dîner terminé, nous sommes remontés au salon, où nous avons entendu de la bouche du prince des détails fort intéressants sur l'affaire de Strasbourg. La conversation étant tombée sur cet événement, il n'a pas voulu rejeter sur d'autres les fautes qui ont pu être commises dans l'exécution de cette tentative. « J'avais réussi, nous disait-il, dans l'entreprise la plus difficile au monde et qui paraissait presque impossible, celle de surprendre le gouvernement par une conspiration militaire. Les critiques des dispositions que j'avais prises m'ont reproché de ne pas m'être porté de suite de la caserne d'Austerlitz sur la place d'armes, comme je l'avais résolu d'abord ; j'aurais dû, ont-ils dit, y établir des batteries, puis envoyer des ordres aux chefs de corps et diriger de là l'esprit de la population, comme si tout était déjà décidé. Mais ceux qui m'ont fait ce reproche ignorent les causes secrètes et malheureusement trop réelles qui m'ont forcé à prendre d'autres dispositions. »

« Ce qu'on ne pouvait prévoir c'était l'oubli de quelques ordres de détails qui n'ont pas été exécutés, et qui auraient pu prévenir un funeste malentendu ? c'étaient les doutes élevés sur mon identité, et favorisés par des circon-

stances tout accidentelles ; c'étaient
enfin de misérables difficultés de
localité. « Ah ! général , m'a dit le
prince, quelle horrible position a été
la mienne au milieu du 46ᵉ de ligne ! J'é-
tais venu consulter un sentiment national, et je pouvais voir la force de ce
sentiment dans la fureur même des soldats dont les baïonnettes étincelaient
sur ma poitrine, déchiraient mes habits
et glissaient comme par miracle sur mon
corps ; car, exaspérés par la croyance
que je n'étais pas le neveu de l'empereur, ils me reprochaient, dans les
termes les plus violents, d'avoir usurpé
le grand nom de Napoléon. »

Le prince nous a raconté ensuite plusieurs circonstances touchantes sur son
emprisonnement à Strasbourg. Conduit,
après son arrestation, dans la prison ci-
vile où une force considérable avait été
réunie pour sa garde, il gémissait depuis quelques heures dans sa prison
sur le renversement de ses espérances, lorsqu'il entendit chanter à voix
basse derrière la porte. Surpris de cet

incident, il se rapprocha de la porte et reconnut une de ces chansons militaires par lesquelles les soldats aiment à exprimer leur amour pour l'empereur. La voix paraissait triste et émue ; ce devait être un brave qui compatissait au malheur du jeune Napoléon.

« Qui êtes-vous, lui dit le prince à travers la serrure.

— Mon prince, répondit le soldat, je suis un des factionnaires de la prison.

— Votre nom ?

— Un tel, grenadier dans tel bataillon du 46ᵉ de ligne.

— Du 46ᵉ ?

— Oui, mon prince.

— Tous vos camarades ne vous ressemblent pas.

— Ah ! mon prince, tous aiment l'empereur et donneraient leur sang pour qu'il ne vous arrive rien.

— Vous êtes un brave, dit le prince attendri ; quel que soit le sort qui m'attend, tant que je vivrai je me souviendrai de vous. »

Dans une autre circonstance, le prince revenait de subir son interrogatoire. On l'avait fait passer par un souterrain qui communique de la prison au tribunal, et on le conduisait à travers deux haies de soldats au port d'armes. Le prince traversait donc en silence les rangs de ces soldats, qui tous paraissaient tristes et abattus, lorsque l'un d'eux, placé au premier rang, lui présenta vivement les armes. Le prince se retourna pour le saluer, et il vit la figure de ce brave homme toute couverte de larmes.

« Je ne puis vous exprimer, nous disait le prince, combien je fus touché de ce simple hommage dans une pareille circonstance. J'ai encore présent à la mémoire les traits de ce généreux soldat, et je vous jure que ce serait pour moi un grand plaisir de le revoir. »

Pendant tout le temps que dura son emprisonnement et sa captivité sur la

frégate *l'Andromède*, il n'eut qu'à se
louer des égards dont il fut l'objet. Les
témoignages de sympathie ne lui man-
quèrent nulle part. Il n'est pas jusqu'aux personnes désignées par le gouvernement pour sa garde, qui ne lui
aient montré un vif intérêt. Le prince
nous parlait avec émotion de cette époque de sa vie. Il nous disait que si
elle avait pour lui des souvenirs bien
amers, elle en avait aussi d'autres qui
n'étaient pas sans charmes.

J'allais oublier de vous parler d'une
circonstance intéressante de la soirée.
Sachant que le prince possédait des objets très-curieux ayant appartenu à l'empereur, je lui ai demandé de m'accorder
la faveur de les voir. Il s'est prêté avec
empressement à ce désir, et a fait ap-
porter une large cassette en vermeil
qui contenait un grand nombre de ces
reliques de famille, toutes remarqua-
bles par les souvenirs historiques qu'elles rappellent. Je citerai les objets suivants parmi ceux qui m'ont le plus
intéressé :

« L'écharpe tricolore que le général Bonaparte portait à la bataille des Pyramides et pendant toute la campagne d'Égypte et de Syrie. Cette écharpe, faite en cachemire, fut donnée par l'empereur lui-même à la reine Hortense au retour de l'Égypte.

« L'anneau du couronnement que le pape Pie VII passa au doigt de l'empereur pendant la cérémonie. Cet anneau est formé d'un riche rubis enchâssé d'or.

« La bague que l'empereur passa au doigt de l'impératrice, également pendant la cérémonie du couronnement, bague composée de deux cœurs, l'un en saphir, l'autre en diamants pressés l'un contre l'autre, et sur laquelle est gravée cette devise : *Deux font un.*

« Les ordres que portait l'empereur : la plaque de la Légion-d'Honneur, la Couronne de Fer et les rubans de ces ordres.

« Un médaillon orné de deux portraits en miniature, celui de Napoléon d'un côté et celui de Marie-Louise de l'autre, tous les deux peints par Isabey. Ce médaillon doit avoir une grande valeur pour le prince, car c'est un cadeau qu'il a reçu des mains de l'empereur, qui le donna lui-même à son jeune neveu, le 20 avril 1815, jour anniversaire de la naissance du jeune prince.

« Enfin, le portrait en miniature de l'impératrice Marie-Louise et du roi de Rome, peint en 1814 par Isabey. Ce portrait est un objet du plus touchant intérêt. C'est le seul portrait que l'empereur eût de son fils à Sainte - Hélène. C'est celui que le martyr de Longwood, pendant le cours de sa maladie, faisait placer sur son lit devant ses yeux, sur lequel il fixa ses derniers regards et rendit l'âme. »

Tous ces objets , qui rappellent de si grands souvenirs historiques, m'ont vivement intéressé; mais j'ai regretté beaucoup de ne pas y voir figurer l'épée que le duc de Reichstadt légua en mourant à son cousin Napoléon-Louis, et qui est restée, dit-on, dans les mains de l'Autriche, au grand regret, sans doute, du neveu de l'empereur.

Maintenant, il faut que je vous parle d'une relique non moins précieuse et que la destinée a également placée entre les mains du jeune Napoléon ; c'est le célèbre talisman de Charlemagne, jadis trouvé dans son tombeau à Aix-la-Chapelle, et remis par le clergé de cette ville à l'empereur Napoléon. Cette relique historique est composée de deux larges saphirs entre lesquels est placée une petite croix formée avec un morceau de bois de la vraie croix, que l'impératrice Irène avait envoyée de Constantinople, en grande cérémonie, à Charlemagne ; le tout entouré d'un cercle d'or incrusté de pierres précieuses et qui peut donner une idée de l'état des arts à cette époque. Ce talisman, pour lequel Charlemagne avait une grande vénération, qu'il portait dans toutes ses batailles, attaché au cou par une chaîne d'or, eût été dans d'autres temps une de ces saintes reliques pour la possession desquelles des peuples entiers se seraient fait la guerre, et c'est encore aujourd'hui un objet précieux d'intérêt historique. Mais quand on songe au hasard qui a amené ce dernier fragment de l'héritage de Charlemagne dans les mains du descendant de cet autre Charlemagne, appelé Napoléon, on ne peut s'empêcher de s'étonner de ces mystères de la destinée.

Puisqu'il s'agit de choses mystérieuses, je ne veux pas oublier de vous parler d'un autre objet que possède également le prince. C'est la bague de mariage de l'empereur Napoléon et de l'impératrice Joséphine, simple alliance en or, qui ressemble à toutes les bagues de ce genre, mais sur laquelle sont gravés ces deux noms : *Napoléon Bonaparte* d'un côté, et *Joséphine Tascher* de l'autre.

En 1815, après Waterloo, l'empereur étant au moment de partir de la Malmaison pour ce fatal embarquement qui devait aboutir à Sainte-Hélène, n'avait fait pour sa fortune personnelle aucune disposition. La reine Hortense, craignant pour le héros malheureux les suites de son noble désintéressement, força l'empereur, par ses instances, à accepter un riche collier de diamants d'une valeur considérable. L'empereur, qui dans ces tristes circonstances se voyait abandonné de tout le monde, fut touché du dévouement de la fille de Joséphine. Il ôta de son doigt sa bague de mariage qu'il portait toujours, malgré le divorce, et lui dit en la lui donnant : « Prenez cette bague, ma chère fille, et gardez-la précieusement pour l'amour de moi. Je l'ai portée dans les plus grands périls où je me sois trouvé ; elle vous portera bonheur. Conservez-la surtout pour vos fils qui peuvent avoir un jour une grande destinée. »

« Je ne suis pas superstitieux, nous disait le prince, et je ne crois certainement pas à l'influence d'un tel objet sur ma destinée, pas plus que ne le croyait l'empereur, qui sans doute, par le don de cette bague, eut simplement l'intention de rappeler son souvenir à ses neveux d'une manière plus intime; mais j'avoue cependant que je me suis trouvé dans des circonstances tellement critiques, qu'après en être sorti, la pensée du talisman de mon oncle est venue naturellement à mon esprit. Lorsque je partis d'Arenemberg pour Strasbourg, ma mère, qui était loin de connaître mes projets, voulut cependant me remettre la bague de l'empereur, par une de ces presciences maternelles qu'on ne peut définir; et je l'avais à la caserne Finkmatt. Aussi, je vous avouerai encore qu'une fois dans la prison, je ne pus m'empêcher de jeter les yeux sur ce talisman; je le baisai avec effusion en pensant à l'empereur, et il me sembla voir, dans un de ces moments d'hallucination qu'on éprouve toujours dans les grandes infortunes, l'ombre de mon oncle tracer sur sa bague le mot *espérance.* »

Il était plus de minuit quand nous

nous sommes retirés. Cette soirée avait
été remplie de causeries si intéressan-
tes, que le temps avait fui vite pour
moi; et j'ai quitté le jeune Napoléon
l'esprit fortement impressionné par l'intérêt qu'excite ce noble descendant de
Napoléon.

Adieu, mon cher général,

Votre tout dévoué.

NEUVIÈME LÉTTRE.

Londres, ce 21 août 1859.

MON CHER GÉNÉRAL,

Hler, j'ai été faire une dernière visite au prince Napoléon. Nous avons eu encore ensemble une longue conversation sur mille sujets différents. Il s'y est montré, comme dans nos entretiens précédents, doué de cet esprit profond dont vous avez pu juger, et toujours animé de nobles et généreux sentiments.

Il m'a beaucoup parlé des puissances étrangères, de leurs rapports avec la France, et de leurs dispositions envers le gouvernement actuel.

« Les souverains étrangers, m'a-t-il dit, ont enfin reconnu la faute qu'ils ont faite en renversant l'empereur, qui, seul, pouvait empêcher de se rouvrir le gouffre des révolutions qu'il avait fermé. En replaçant les Bourbons sur le trône, ils avaient voulu affaiblir la France, et ils n'ont réussi qu'à la rendre révolutionnaire. Ils portent la peine de leur faute. Mais aujourd'hui qu'ils sont éclairés par l'expérience, tout ce qu'ils désirent maintenant, ce n'est pas tant d'affaiblir la France, que de la voir devenir gouvernable. Ils auraient pu consentir volontiers à un agrandissement du territoire français, s'ils eussent reconnu au gouvernement la puissance de les rassurer en ralliant tous les partis et en fondant d'une manière stable,

solide, l'ordre et la tranquillité intérieure. S'ils ne prêtent au gouvernement actuel qu'un faible appui, s'ils
lui refusent l'avantage d'alliances so-
lides et surtout la satisfaction d'unions
de famille, c'est que peut-être ils n'ont
pas assez de confiance dans son avenir,
et craignent d'apprendre chaque jour
quelque événement inquiétant pour sa
durée. Au surplus, en reconnaissant la
branche cadette après 1830, malgré l'ancienne protection donnée à la branche aî-
née, l'Europe n'a-t-elle pas assez prouvé
qu'elle était disposée à reconnaître tout
gouvernement de fait qui lui présente-
rait des conditions de durée et de force,
surtout si ce gouvernement pouvait sérieusement réunir les partis.

« Il n'est pas probable aujourd'hui que
l'Europe voulût se jeter dans les péril-
leux hasards d'une nouvelle coalition,
pour replacer telle ou telle famille sur
le trône de France. Elle a prouvé en
1830 qu'elle reconnaissait le gouvernement que se donnait la nation, qu'elle
que fût l'origine de ce gouvernement.»

6.

Cette conversation a conduit le prince à me parler de sa position personnelle vis-à-vis des grandes puissances. Il m'a dit à ce sujet qu'il n'avait eu qu'à se louer de ses rapports avec les gouvernements étrangers ; que l'empereur d'Autriche, après l'affaire suisse, lui avait offert un asile très-honorable et très-flatteur en Autriche ou en Bavière ; qu'en Angleterre, à part les difficultés de sa position, il s'applaudissait d'y être venu fixer son séjour ; et que, quant à la Russie, le mariage de son cousin germain avec la fille de l'empereur paraissait une preuve assez manifeste aux yeux de l'Europe que le sang de Napoléon n'était plus un obstacle à des alliances avec les grandes puissances ; qu'enfin, il s'était fait en faveur de la gloire de l'empereur une réaction universelle aussi bien chez les rois que chez les peuples.

Après divers sujets épuisés, la conversation étant tombée sur les personnages de l'empire, le prince m'a fait mille questions sur eux ; il ne pouvait croire à l'état de pénurie dans lequel se trouvent quelques généraux illustres qui ont cependant contribué si puissamment à l'établissement actuel. Il ne comprenait pas comment, avec les immenses ressources dont on dispose, on pouvait laisser de tels hommes dans le besoin. Les détails que je lui donnais à cet égard l'affligeaient vivement. « Du reste, me disait-il à ce sujet, c'est peut-être une faiblesse; mais, je vous l'avoue, je ne rencontre jamais un nom de l'empire sans une certaine émotion. Il me semble qu'ils sont de ma famille. Quand je les trouve dans une position diamétralement opposée à la mienne, je ne puis jamais croire qu'ils y soient de cœur et d'âme : on a beau faire, il y a des traditions que chacun porte dans son cœur, même à son insu, et la communauté de sympathie s'alimente encore par la communauté d'intérêts. »

Avant de me séparer du prince, je lui ai exprimé longuement mon opinion sur ce qui le concerne.

« Monseigneur, lui ai-je dit, vous êtes

dans une noble position ; mais je vous l'avouerai, je ne fais pas des vœux pour votre avenir politique ; car, quel que soit l'intérêt profond que vous m'inspirez, je désire sincèrement que la France ne soit pas obligée de recourir à un nouvel ordre de choses, et j'espère que le gouvernement actuel, auquel je crois dans le fond de bonnes intentions, finira par s'établir solidement. Malheureusement, dans l'état précaire où nous nous trouvons, au milieu des difficultés que notre gouvernement rencontre à chaque pas, qui peut prévoir à quels événements nous marchons ! Entouré d'ennemis qu'il n'a pu encore ni dompter, ni rallier, notre gouvernement saura-t-il tenir pied au milieu de ces luttes ? Encore une fois, ce serait un grand malheur ; car les révolutions sont toujours de déplorables ressources pour remédier aux maux d'une grande nation. Mais, enfin, si une catastrophe arrivait, il faudrait bien y pourvoir : et certes dans les combinaisons politiques qui pourraient s'offrir, il faudrait bien s'ar-

rêter à celle qui présente le plus de garanties ; dans ce cas, mon prince, soyez
sûr que tout le monde penserait à vous ;
car votre nom serait seul assez puissant
pour constituer un nouvel ordre de choses : et tout prouve à la France que vous
êtes digne de votre nom. Mais, monseigneur, autant votre position bornée à
l'expectative des événements est respec-
table, autant elle pourrait être funeste
et à la France et à vous-même si vous
vouliez recommencer de téméraires ten-
tatives. Restez donc en Angleterre, vi-
vez comme vous le faites au sein de l'é-
tude et des sciences ; les événements
marcheront d'eux-mêmes. S'ils trom-
pent vos prévisions, c'est que la France
sera satisfaite de sa situation, et alors
vous avez l'âme trop grande et trop française pour ne pas vous en réjouir.

— Oh ! certainement, a répondu le
prince ; dévoué à mon pays, n'ayant
d'ambition que celle de le voir prospé-
rer, ce qu'il voudra sera toujours la règle
de ma conduite. Si la France devenait
heureuse sous son gouvernement actuel,

J'irais au bout du monde plutôt que
d'être un embarras pour elle ; mais aussi,
si elle avait besoin de moi, elle peut
compter que je ne manquerai jamais à
son appel. »

Après ces nobles paroles, il m'a exprimé le regret de me voir partir, et m'a
chargé de vous témoigner l'attachement
qu'il vous porte, ainsi qu'au général
Bertrand, au comte de Las Cases, et enfin aux nobles compagnons d'exil de
l'empereur à Sainte-Hélène. Puis,
quand je lui ai fait mes adieux, il s'est
jeté dans mes bras et ne m'a adressé
que ces simples paroles en se séparant
de moi : « Hélas ! quand reverrai-je la
France ! » Pour moi, je ne saurais vous
dire la peine que j'ai ressentie en quit-
tant peut-être pour toujours ce noble
jeune homme. J'avais le cœur oppressé
et les larmes aux yeux quand je suis
sorti de chez lui.

Maintenant, vous devez deviner dans
quelle disposition d'esprit je me trouve
après cette visite. Tout ce que je puis

dire, c'est que jamais aucun homme ne m'avait inspiré un si profond intérêt. Le neveu dé l'empereur m'a paru digne en tout du grand nom qu'il porte. Si l'empereur vivait encore, il serait bien heureux de trouver dans un jeune prince de sa famille un esprit si élevé, un cœur si noble, une âme si pleine du feu sacré et si passionnée pour la gloire.

J'allais fermer cette lettre, lorsque j'ai reçu la visite de M. de Persigny. Vous savez que ce jeune homme, qui a joué un rôle important dans l'affaire de Strasbourg, est aujourd'hui attaché à la personne du prince. J'ai profité de cette circonstance pour exprimer tout ce que m'avait fait éprouver mon entrevue avec le jeune Napoléon. Je n'ai pas caché combien j'étais peiné de penser que tant de belles qualités étaient, selon toutes les probabilités, destinées à languir dans un éternel exil; car, ai-je dit, à mon âge et avec mon expérience, on ne se fait pas d'illusion. La dynastie d'Orléans a de l'avenir. Le roi est entouré d'une jeune et belle famille qui, chaque jour, cher-

che à s'identifier davantage avec le pays.
D'ailleurs, notre révolution n'est-elle
pas terminée? n'a-t-elle pas suivi les
mêmes phases que celle d'Angleterre?
n'est-elle pas arrivée à des résultats ana-
logues? Nous avons eu en 1830 un prince
libéral, comme les Anglais, en 1688, un
prince protestant. Cette célèbre comparaison entre les deux révolutions, entre
les Bourbons et les Stuarts, le duc d'Orléans et Guillaume d'Orange, ne ren-
ferme-t-elle pas une grande moralité
historique? « Ce rapprochement, a répondu M. de Persigny, est certainement
très-curieux, mais sérieusement, mon
général, où est le parti qui n'ait pas
quelque rapprochement de ce genre à
citer? ne pourrait-on pas, par exemple,
trouver dans l'histoire de César et d'Auguste certaines similitudes de circonstances avec la famille impériale? Et
en effet, si, dans l'antiquité, un grand
caractère historique peut être mis en
parallèle avec Napoléon, c'est César.
César et Napoléon sont tous deux
l'expression la plus complète de la

civilisation des deux époques. Tous
deux, comme guerriers et comme lé-
gislateurs, dépassent tout ce qui les
avait précédés ; tous deux, d'une
main puissante et victorieuse font ces-
ser les divisions sanglantes de leur patrie dont ils portent la gloire plus haut
qu'elle n'avait jamais atteint ; tous deux
enfin, à dix-neuf siècles de distance,
ont la même mission à accomplir. César est le héros du peuple romain, luttant contre l'oppression de ses patri-
ciens dégénérés, comme Napoléon, le
représentant de la démocratie française,
lutta contre l'ancien pouvoir de l'aristocratie. Et pour que rien ne manque à
l'étonnante ressemblance de leur destinée, de même que César fut trahi par
ceux qu'il avait comblés de biens, et as-
sassiné par l'oligarchie romaine, il faut
que Napoléon, abandonné aussi des
siens, soit immolé à la haine de l'aristocratie européenne. Mais ce n'est pas
tout encore : cette inconcevable et mys-
térieuse destinée se poursuit même après
la mort des deux grands hommes. Le

10

nom de César et le nom de Napoléon,
tous deux si puissants sur l'imagination
des peuples, ne doit pas avoir d'héritiers
directs. A la mort du dictateur c'est son
petit-neveu, c'est Octave qui ose porter
le grand nom de César et se déclarer
son héritier, comme c'est aujourd'hui
le neveu de Napoléon qui semble vou-
loir jouer un rôle analogue.

Mais la destinée d'Octave avant de devenir Auguste et empereur des Ro-
mains, présente des rapprochemens
encore plus extraordinaires : si cela
peut vous intéresser, vous trouverez
dans Appien et dans d'autres historiens
latins de la même époque des particularités extrêmement curieuses. —
Comme je témoignais le désir de suivre
cette piquante comparaison jusqu'à la
fin, M. de Persigny est allé chercher un
volume des Révolutions romaines de
Vertot, et m'a mis sous les yeux les pas-
sages suivants, extraits du livre XIV de
cette histoire, que je transcris pour vous,
tant cela m'a frappé :

« Le jeune neveu de César est à Apollo-

nie, sur la côte d'Epire, où il achève ses
études et ses exercices, et verse d'abon-
dantes larmes sur la mort de son oncle. —
Tous les lieutenants du dictateur ont
abandonné sa cause et trahi le peuple romain pour mendier les faveurs de l'aristocratie. — Antoine, Lépide et les autres
se parent de la gloire de César pour en
imposer au peuple ; mais en effet ils tra-
hissent sa mémoire, s'emparent de ses
biens, proscrivent sa famille, et vivent
publiquement avec les assassins de leur
bienfaiteur. — Lui, le jeune César,
languit proscrit loin de Rome, en proie
à la douleur et aux regrets ; mais son
âme ardente aspire à venger la mémoire
outragée de son oncle, et bientôt il révèle au monde, par un acte public, le
but de son ambition. — Ses parents, ses
amis le supplient de rester en exil, de
ne pas revendiquer l'héritage du grand
homme. Tout le monde lui conseille d'oublier de dangereuses prétentions ; et on
l'assure qu'il ne peut y avoir pour lui
de sûreté et de bonheur que dans l'ob-
scurité d'une vie privée. Mais le jeune

Octave repousse ces conseils pusillani-
mes, il déclare qu'il aime mieux mourir
mille fois, plutôt que de renoncer au
grand nom et à la gloire de César. — Ac-
cie, son illustre mère, lui voyant un si
grand courage et des sentiments si élevés, l'embrasse tendrement, et mouil-
lant son visage des larmes que la crainte
et la joie faisaient verser confusément :
« Que les dieux, mon fils, vous condui-
sent, lui dit-elle, où vos grandes destinées vous appellent, et fasse le ciel
que je vous voie bientôt victorieux de
vos ennemis. » — Ainsi donc le jeune
Octave ose seul et sans appui entrepren-
dre la grande mission de continuer l'œuvre de son oncle. Proscrit et condamné
par des lois iniques, il ne craint pas de
braver ces lois et de partir pour Rome.
— Un jour il arrive sur la côte de Brindes et débarque près de la petite ville
de Lupia, sans autre escorte que ses
serviteurs et quelques-uns de ses amis ;
mais soutenu du grand nom de César,
qui seul devait bientôt lui donner des
légions et des armées entières. Et en

effet, à peine les officiers et les soldats de Brindes ont-ils appris que le neveu de leur ancien général est près de leurs murailles, qu'ils sortent en foule au-devant de lui, et après lui avoir donné leur foi, l'introduisent dans la place dont ils le rendent maître. Ce premier succès n'est qu'éphémère ; il est bientôt suivi de peines et de tribulations ; mais enfin c'est là et de cette manière que commence la grande destinée du neveu de César, cette destinée qui le poursuit à travers mille vicissitudes et mille chances diverses, et le porte enfin, quinze ans après la mort de son oncle, à la tête du peuple romain, sous le nom d'Auguste et le titre d'empereur. »

Maintenant, mon cher général, j'ai fini de vous dire tout ce qui pouvait vous intéresser sur ma visite au jeune Napoléon, je vous ai rendu compte fidèlement de toutes mes impressions et je me suis laissé aller à tout l'épanchement de mon cœur, éloigné de toute préoccupation politique. Quel que soit l'usage que vous fassiez de ces lettres, je pense que personne n'y verra d'autre but que celui de rendre justice à une grande infortune.

Je pars demain pour l'intérieur de l'Angleterre. Les lettres que je pourrai encore vous écrire n'auront plus rapport qu'aux merveilles industrielles qu'on rencontre à chaque pas dans ce pays.

Adieu, mon cher général,

Vôtre tout dévoué

www.ingramcontent.com/pod-product-compliance
Lightning Source LLC
Chambersburg PA
CBHW060823250626
47162CB00005B/1916